麦粒

丁丁 著

南方出版传媒
花城出版社
中国·广州

图书在版编目（CIP）数据

麦粒 / 丁丁著. -- 广州 : 花城出版社, 2016.2
ISBN 978-7-5360-7861-1

Ⅰ. ①麦… Ⅱ. ①丁… Ⅲ. ①诗集－中国－当代
Ⅳ. ①I227

中国版本图书馆CIP数据核字(2016)第011692号

出 版 人：詹秀敏
责任编辑：张　懿　李珊珊
技术编辑：薛伟民　陈诗泳
装帧设计：礼孩书衣坊

书　　名　麦粒
MAILI
出版发行　花城出版社
（广州市环市东路水荫路11号）
经　　销　全国新华书店
印　　刷　广东天鑫源印刷有限责任公司
（广州市海珠区工业大道南瑞宝路）
开　　本　889毫米×1194毫米　32开
印　　张　7.125　　2插页
字　　数　120,000字
版　　次　2016年2月第1版　2016年2月第1次印刷
定　　价　28.00元

如发现印装质量问题，请直接与印刷厂联系调换。
购书热线：020－37604658　37602954
花城出版社网站：http://www.fcph.com.cn

自 序

诗人余秀华说：诗歌是情绪在跳跃，或沉潜。不过是当心灵发出呼唤的时候，它以赤子的姿势到来。每个普通的人，其实也都会有各种情绪。在不同的时间，不同的地点，以它独有的方式，倏忽而来，倏忽而去——“花非花，雾非雾。夜半来，天明去。来如春梦不多时？去似朝云无觅处”。如此美丽，却也如此神秘、虚幻。而真实的生活是这样纷繁复杂，实实在在的，我们很多时候无暇顾及，也无从安放那些无影、无形的情绪，便任由它们自生自灭，如烟尘一般消散。但这并不意味着，它们不存在，它们没来过。好比龙应台女士所比喻的，真实的生活如白杨，而那些思绪，是它印在水中的倒影。文学的任务与使命，就是把这些倒影描述、呈现出来，让人们在看到时，记起自己也曾见过这情形。这些情形，在自己的生命里也曾经历。于是，在被打动的同时，情感得到了慰藉，体验得以丰富和印证。这，也许就是文学于我们普通人的意义。它让我们在作为社会的人、物质的人之余，也可以回复到作为一个有血有肉的人的存在，让心灵和情感，得以休憩、释放，以及被关怀。

诗是各种文学形式之中，与情感联系最为直接的。那些难以言说的、强烈而又独特的情绪与思想，都可以通过诗，以简洁凝练，却又意蕴无穷的句子来表达。微信开通以后，在朋友介绍的公众号里开始读一些诗。读得多了，便逐渐有些感觉。碰到好的，会反复欣赏、玩味，诧异于那样一些原本毫无关联的文字，以诗人的情绪为线，凭借着灵感的安排串联起来之后，就有了独特的意思，可以激起人无尽的遐思；让人的心灵，产生强烈的认同、碰撞。而那些在寻常日子里被自己随手搁置的各种情绪，那些莫名的怅惘、忧伤，仿佛一下都有了身份认同，找到了明确的方向。原来，它们都可以归于诗歌之名。在诗歌的世界里，你的各种情绪都可以得到释放，当情绪来时，你甚至可以耽溺其中，仔细体会，认清它每个细节的模样。在这样的感染之下，开始尝试写一些诗。那些游离的情绪与思想，它们原本就在那里，就像是一粒粒熟了的麦子，自然地生长，然后掉落在地上。拾麦穗的人，在正好经过时，把它们捡起来。而凝固成文字的那一刻，它们，就有了自己固定的名字和式样。从此，它在那里。你可以借由它，与曾经有过的情绪、心境对话，向过去回望。而其他的人，也可以借由它，越过遥远的距离，来与你相知、相惜、相望。我写下了它，初衷是为表达自己，但如果你在无意间看到，并且拿起，读里面的诗句，我，自然是更加欢喜。就像名叫《生如夏花》的歌中所唱的：我从远方赶来，恰巧你们也在。

目录 contents

第一辑　有没有一条无尽头的路

第二辑　一朵花开的时间

第三辑 北方 南方

第一辑

有没有一条无尽头的路

像个孩子一样

你像个孩子，像个孩子一样
有着孩子一样简单坚定的信仰
相信花谢了会再开
冬去了春就来
相信雨后会有彩虹
相信光明
就在黑夜的门外徘徊

你像个孩子，像个孩子一样
有着孩子一样诚实透明的包装
把天真装进心灵
所有表情写在脸上
总不记得要戴上面具行走
只要有阳光

就照自己的方式生长

你像个孩子，像个孩子一样
像孩子一样不谙世事
不解风情，不懂悲伤
清澈的眼睛
可以照进月光
欢笑的人群走了
热闹散了
你还在原地
等待星星
跌落草地上

2015年1月26日

也许有一天你会想起我

也许某一天，你会想起我
没有原因
只是在那样一个瞬间
眼前浮现我年少时候的模样
面容纯洁
眼神明亮
我们一起谈天说地
心无城府
笑声酣畅

想起我的时候
你已经老了
牙齿松动
步履蹒跚

生命中已经没有
需要努力的方向
于是你在不经意间想起了我
想起了曾经的
过往

你想起我的时候
我一定是不知道的
我正在阳光里忙碌着
捕捉着风
以及风中不停鸣叫的
蝉

2015年1月28日

以爱抵挡

沙漏的沙
会一刻不停流淌
河流的水
从不改变它前行的方向
生命里的时间
总有固定的量

我看见你日光忽短忽长
看见你四季如歌悠扬
看见你岁月沧桑
看见，皱纹逐渐爬上你的脸庞
无意中一瞥时
你已两鬓如霜

你，聪明的，请告诉我
要拿什么来抵挡
拿什么对抗
这终极的虚无、荒凉
你说，用爱吧
也许，只有爱的亮与暖
才能稀释那些注定的孤独
以及悲伤

2015年2月15日

我是一条小溪

我是一条清澈的小溪
你可以看见我
折射在阳光下的秘密

我是一条简单的小溪
你可以听到我
潺潺流动的低语

没有江河的浩荡
没有大海的开阔
也没有湖水无波的平静
我只是
只是一条小溪
欢快，明丽

我是一个自然生长的水体
我穿过寂静的山林
接住一片飘零的叶
带它去远行
我经过人迹罕至的郊外
让孤寂的花儿
在我的水里照影
我流过贫穷的村庄
有天真的孩子
来我的怀里嬉戏
我神情坚毅
目标笃定
越过了无数风景
向着永恒的前方
行进

2015年2月10日

黄昏

金色的夕阳
一点点滴落
烟灰的暮色
一寸寸走着
天边不见了最后一丝云彩
树上的枝丫
终于在黑暗中隐没
空气中播放的音乐
如弦上最后的颤动
收起了音色

你为何突如其来地哀伤
为何那般地不安，惶惑
要知道

黄昏只是黄昏
每天都会来临的时刻
无关乎
那些或远或近的心情
或浓或淡的愁绪
以及那些
遥不可及的求索

2015年2月11日

一个人

一个人吃饭
一个人走路
一个人看书
一个人流泪
一个人笑

一个人的时候
我看到了自己的影子
触到拂面而过的风
听到
树上的小鸟叫

一个人的时候
总有那些无端的思绪

潮水一样飘
只有思想的时候我们才是在的吗
那么，就不时地一个人吧
像海上的岛
孤寂，骄傲

2015年2月16日

见不得你忧伤

因为你比别人敏感、善良
因为你的心灵
呈现出更加玲珑剔透的形状
能看到他们没看到的
悟到他们不知道的
或者是他们不愿、不屑于知道的
因此你总是
陷入那样难以自抑的哀伤
它们包裹了你
忧愁扑扇翅膀
眉头锁着
苍白脸庞

然而

我见不得你忧伤
所有柔软丰富的
复杂微妙的
精致虚幻的
都值得拥有更好的命运
享受更好的时光
想用手抚平
你眉间的刻痕
眼角的皱纹
让欢笑如颜料一般
滴落在你心上

2015年1月27日

你是羞涩、安静的

你是羞涩、安静的
当气氛欢乐，人声鼎沸
你退避
默默坐在一个角落里
不言不语
只有眼里的光
像是漆黑夜里的星
在天空一忽一忽地
闪烁

你在春天拾一颗散落的种子
认真种在土里
浇水，施肥
你在田野捡一只受伤的兔子

把它带回家里
抚摸，低语
你把风小心地装进袖里
还和着那一缕花的香
你收集清晨的露水
带着笑容品尝
你信步走着
没有目的

可是我愿意见到你
想到生活中有你这样的人
就心生欢喜
当人们对生活感到乏味
对奋斗感到疲惫
他们也会愿意见到你
见到你默默在一个角落里
像是天边一朵飘逸的红云
羞涩，安静

2015年1月28日

游离于生活之上

生活具体实在
复杂琐屑
像一堵不可摧的墙
生活五颜六色
光怪陆离
如同难以捕捉的幻象
很多时候
生活也坚忍不拔
努力向上
它是五味杂陈的酱
所有人都在其中
就像所有人都逃脱不了
命运的掌

然而我总是更笨拙一些
总是这样漫不经心
违心勉强
总是这样
于是生活无法眷顾于我
于是像水里的一滴油
游离于生活之上

我记不住蔬菜的价格
不能将一件事情办得周详
不能将那些错综的关系网
了然于心，运用得当
然而我记得太阳底下土地的味道
留意到月光
是怎样潜入了梦的隧道
感念那个小小的孩子
如何在风雨交加中哭泣、奔跑
我知道你会说
这些都是无用，无用的

可是依然希望
生活可以因为这些
而豁免于我
允许我
游离在它之上

2015年1月27日

冬日村庄

冬日的村庄
宁静安详
河流没有结冰
土地依然芬芳
牛和鸡坦然过日子
那些美丽的花、叶
总能找到阳光的方向
欢笑，吟唱
时间像风一样掠过
一世短暂
一瞥悠长

2015年1月23日

弹着钢琴，你就老了

曾经是那样青春的容颜
蓝色的眼睛如星子
闪耀，在天边
如今的你
岁月已悄然停留在额角
以及唇线
行动也不再矫健如前
无论多么的天才和幸福
原来都抵挡不了
时间

第一次听琴
是在那样的日子
天空高远

白杨树沙沙
响声连绵
流动的音符如珍珠般消散
旁边有声音说
这是秋日私语
来自
理查德·克莱德曼
而那时的时间是
公元1991年

2014年1月

海绵

有时候希望
做一块海绵
对于水分
有着超级的敏感
游离的水分子
一旦在空气中出现
就贪婪地吸收，转换
直到
内在更为丰富
身体变得丰满
在需要的时候
用手指挤压

可以挤出水滴
无限

2013年11月

成长

在蚌壳里磨砺多久
才会散发一颗珍珠的光芒
在蛹中等待多久
才能羽化一双美丽的翅膀
赤足的少年
在天地懵懂闯荡
要经过多少次跌撞
才会把成熟写上脸庞
把规则记在心上
而那时他的眼神
是否还如当初一般
清亮？

2015年2月15日

成长

当生命初始
混沌未开
我是一个懵懂的小孩
在自己的世界里
封闭、感受
按照自己的意愿
设计未来
只知道走笔直的路
宁愿在忧郁中徘徊
也不会因为荆棘而改道
不会因为树枝的阻挡低头
或是弯下腰来

后来，我终于学会了微笑

学会了忽视疼痛
放下自己
耐心等待
因为我知道
我不喜欢阴霾
阴霾依然存在
我喜欢阳光
阳光却不会只因我的向往
而到来

2015年3月23日

平安夜

这是圣诞的前夜
一年中只此一次的节
兴奋写在了脸上
心事被悄悄掩藏
许多的身体四肢
在地铁暖浊的空气里
移动，碰撞
那些隐而不发的欢乐
也似乎全都找好了
方向
只有我
这样缩在地铁的一个角落里
安静，漠然
思想仿佛迷了路

正漫无边际地
流浪

2013年12月24日

热爱

你是我放在心里的热爱
像春天的花一样
洁白，芬芳
带着露珠在朝阳升起时盛开

你是我捧在手心的热爱
和夏天的风一样
清爽，迷人
在每个傍晚来临时轻轻到来

你是绚烂的、喜悦的
如天际飘过的云彩
沁人心脾的花香
你是浓烈的、热情的

像旷日持久的期待
炙热似火的骄阳
你是自由的、自在的
生命因你而打开
灵魂从壳子里
释放出来

你是我的热爱
因为你
那些倦怠的时刻
变得绚烂而多彩
请你，请你停留
默然、欢喜地存在

2015年2月10日

生命本来没有名字

生命本来没有名字
它来到这喧嚣的人间
是一派天真的赤子

生命本来没有名字
它来到这陌生的尘世
过自己孤独的日子

生命本来没有名字
它是一张白纸
等着有人在上面
画出各种各样的图案
以及，高深莫测的文字

生命本来没有名字
直到你出现
赋予它充分的意义
绚丽的形式

2015年2月10日

五颜六色的时间

记忆里的时间
有着缤纷色彩
快乐的时间是粉红的
甜蜜，温暖
忧郁的时间是灰色的
了无生机
病恹恹
那些感动的瞬间
是橘黄色的
有着烛光
或是煤油灯一样的温暖
至于那些愤怒的时间
它们是黑色的
张牙舞爪

撕了一地碎片
所有的、各式各样的时间
都被装进存储的罐
汇聚成五颜六色的河流
融进了独一无二的质感
不停流淌，一路向前
它们没有犹豫
也从不折返

2015年1月28日

遥远的想念

生活是具体的
想念却这样虚幻
生活是复杂的
想念却这样简单
生活是近的
而想念
却这样遥远

想念是山间的羊肠小道
来回往复
曲折回环
想念是缠绕不清的藤蔓
质地坚韧
欲理还乱

想念是下了一夜的雨
滴滴答答
细声呢喃

有时
想念像天边的一块云
忽然间飘远
有时
想念是田野的一阵风
不经意轻拂你面
想念是顽皮的孩子
待要捉住它时
已消失得无影无踪
不可寻见

那些各式的情感
天真的童年
亲切的家乡

迷离的青春
以及那些无从说起的爱恋
它们都装进了想念的盒子里
不知何时就打开了
烟尘一般弥漫
生活是水
而想念则是
溶进水里的盐

2015年1月26日

有没有一条无尽头的路

车窗外
每次都是不同的风光
山林村庄
河流牧场
大片的草地原野
裸露着
天真赤诚的感伤
即便在城市
那些依次向后的高楼
也因为车行的速度
变得神秘莫测
变换多样
坐在车里
你无法做别的

可是思想无妨
它可以无阻无碍
恣意绵长
有没有一条无尽头的路
和思想同步
没有终点
只有前方

2015年1月26日

奔驰，在路上

不知名的树
严肃站立着
田野和村庄
惊鸿掠过
远处袅袅升起了
青色的烟火
车轮前行
如扩散的縠纹
一波
一波
而此刻
无数山川

正从这条路上
经过

2013年11月

过客

我从时间的原点走来
曾经，是那样一个玩泥巴的小孩
不知人间忧苦
一心一意憧憬将来
我梳着马尾辫
嚼着牛肉干
走在树荫浓密的马路上
一目几行
贪婪读着手中小说的对白

我走出开门能见山的小城
闯入高楼林立的城市
却像惊慌的麻雀
扑在陌生的网里

左右蹦跳
钻不出网外
而网外的街道上
星星点点有霓虹闪烁
车流汇集成河
人潮似海

我终于也踏足进去
汇入了河流
挤进了人海
形色匆匆
心情时好时坏
我走过不同的城市
品过不同的气候
脚步不断加快

在行进的路上
我见过不少美
与各种不同的人遭遇

然而停不下来
只能奔向
源源不断的
未来

2015年2月2日

轮回

每个白昼
都会跌进漆黑的夜里
每个夜晚
都会迎来黎明的转换
当白昼的温度一点点褪去
当暮色一层层到来
心里总是凄惶
因为日子
又这样过去了一天

好在，时间去了还有
白天走了还来
再浓重的夜
也会被晨曦替代

当天边的云层层舒卷
阳光透过它照射出光彩
新的一天又开始了
日子每天都是新的
热气腾腾
让人心生期待
在不断希冀与想见中
奔向永不可知、神秘莫测
的未来

2015年2月2日

青春

青春是初春的芽
在枝头
绽放这个季节里第一抹绿

青春是夏天的阳
正午时
散发扑面而来挡不住的热

青春是秋季的叶
山野间
染出滴入水中化不开的色

青春是冬日的雪
日照下

折射令人不敢逼视的光

青春是炉膛里的火
吐着吞咽一切的舌
晶莹的水滴进来
结成
融不了的冰

2013年11月

妥协

有时会陷入
一个人的苍白
如溺水的人
胡乱挣扎
没有方向
直到现实进来
把门打开
光和热被放了进来
于是缴械，投降
被引领着
走出这深幽暗流
去到那光亮的
开阔地带

2015年2月17日

把心情写在纸上

在洁白的纸上写下诗行
心情顿时变得明亮
那些悲苦、无奈
曾经的伤
随着墨迹逐一化解
遁于无形
归入无常

在洁白的纸上写下诗行
那些美丽的瞬间
于是有了温暖的力量
那些欢乐的相遇
无来由的爱
以及扑朔迷离的思想

就此有了固定的模样

就这样做吧
就这样
以你自己的方式
获得
救赎的力量

2015年2月17日

林荫小道

该是回家的时节
心情却还在流浪
大街上的人脚步匆匆
他们都有
自己要去的地方
而失魂的零余者
会突发奇想
想漫无目的地
走在街上
或是偏离熙攘的主街
走在林荫小道上
那里人迹稀少
花叶繁茂
你可以选一棵桂树

站在它下面

闻到那飘过来的

若有若无的香

停下来看一看

那些奇奇怪怪的思想

2015年2月17日

春天是一个梦

听到鸟鸣
看到花开
嫩芽在阳光里闪烁
温暖的河水荡漾
微风拂来
一切在热烈、繁荣中盛开
然而，我们并不知道
这只是冬和夏之间的过渡
温度与湿度的微妙变化之后
鸟会走，花会落
新绿的叶色泽加深
就变得成熟
春天呵
因为太美

所以不会做太久的停留
它只是我们在这人世间一个
短暂的梦

2015年3月21日

我喜欢

我喜欢
赤足踩在泥土里
不受拘束地行走
我喜欢
在暗沉的夜色里
仰望天边闪亮的星斗
我喜欢
在无伤大雅的雨丝里
毫无目的地漫步
我喜欢窗前有许多的树
我喜欢打开所有的门
让风
自由地吹进屋
我喜欢

在黑暗中点亮所有的灯
任光明在每个角落
静静分布

2015年3月22日

活在苍凉温暖的人间

眼见你青丝变白发
在悠长的岁月里改了容颜
眼见你步履不再如前
皱纹爬上脸

你的心曾是清澈的溪流
跨过岩石险滩
激起朵朵浪花
快乐飞溅
你的命运曾如洁白的船帆
鼓满猎猎的风
朝着既定的目标
勇往直前

如今
你早已不再那样笃定
那么勇敢
快乐也变得
不再简单
心里布满了
不知从何说起的情感
于是你常与人默然面对
而不发一言

也许无须拥抱
一个凝视就足够
让我们掠过那些悲哀、无奈
以及，横亘于前的苦难
用眼神传递信念
彼此支持
认真活在
这苍凉而温暖的人间

2015年4月7日

真实还是虚幻

那些遥远的事
随着时间的行进
有时变得更加真切
可以碰触到
当时特有的气息
每一个细节
都如阳光照射下的灰尘
一粒粒清晰

那些曾有过的欢乐
有时又显得面容模糊
刻骨的伤痛
仿佛不值一提
只成了一个朦胧的背影

在轻描淡写中
归入少不更事的经历

谁能知道
那些发生过的
是否真的发生?
那些存在过的
是否真的存在?
如果不是
为何作为另一个个体的你
会有和我同样的回忆?

2015年2月13日

所有的开始都有一个结束

所有的开始
都有一个悲伤的结束
就像所有的白昼
注定要进入漆黑的夜
所有的春天
都会在秋天结果
然后陷入
寒冬的静默

每一次旅行
都在怅然中结束
每一次相聚
都在眷恋中分手
每一张如花的笑靥

都会染上岁月风霜
归入旧日时光

所有的开始
都渴望绵长
所有的起点
都向往前方
我们总在开始时满怀期待
在延展中坚定信念
直到来到终点
才发现
这是一场早已注定结局的赴宴

2015年5月15日

偷来的日子

阳光洒满整个空间
外面的世界
是春光灿烂
绿意盈盈
鸟儿鸣叫
坐在窗前
看一本书
喝一杯茶
欣赏一幅画
用各种美好的事物
来填满当下
然后
心满意足地叹息

因为这日子
如同偷来的一样珍稀

2015年4月17日

忧伤是一条明亮的河

慵懒的、沉静的、默然的你
原已将这世界看破
你放弃了理想
不再苦苦寻找
放弃了思考
以最普通的方式过活
可是
平静的叙述
无意的叹息
还是泄露了秘密
原来看似完好的包装里
跳动的依然是一颗
柔软的心
是的

忧伤挥之难去
始终如影随形
忧伤是一场雪
席卷而来
漫天白色
忧伤是一条河
跳跃闪烁
明亮如灯

2015年4月18日

交集

会有某个时刻
人们打开心上的门
不约而同地
正好在同样的状态
同样的时刻
开放的，坦诚的
愉悦的，真挚的
于是
这世界因灵魂的释放而美好
天空的澄澈
鸟儿的鸣叫
都因此有了被格外赋予的色调
那时的时空
也有了特别的气息和味道

当时光随时间流逝
当风流随风云消散
相遇的美好
总还存留于善感者的心跳
刹那可以成为永恒
支撑起许多的寂寥

2015年5月18日

我之所得

青山，绿水
闲散时光
蓝天，白云
纯净天堂
新朋，老友
岁月怀想
花开，花落
沧海田桑
月明，风清
尘世一场

2013年12月

幸福

曾经听说
幸福是传说中的青鸟
藏在遥远的森林里
等待人们去寻找

曾经以为
幸福是落在雪地上的星星
晶莹剔透
一碰就碎了

也曾想象
幸福是天边最绚烂的云霞
是春天森林里
那些至为美丽繁复的花草

直到那一天
当我从窗外树上的鸟鸣中醒来
才发现，幸福其实可以随时来到
它在冬日暖暖的炉火里
春天湿润的雨丝里
一句意想不到的问候里
或者
它可以就只是一个简单的拥抱

当你不再奢求
当心情变得简单
每次自然的相遇
便有喜悦的幸福闪耀

2015年2月11日

满

人们每天都忙
时间被划分成了条块
成片挪移
朝着既定方向
直到夜晚来临
还有许多未完的日程
搁在心上
没有，没有一处空的地方
可以容下灵魂
像水一样自由流淌
更不用谈
像江河那般日夜奔流
恣肆狂放
那该是世上最奢侈的事了

因为我们不够勇敢
还想拥有
世人眼中的正常

2015年10月25日

倦怠

人们常说生命短暂
匆忙与不觉间
已挥别旧日时光
人们又时常心生倦怠
一路的风景
似曾相识
来而复往

人们的心灵
是深不见底的井
永远饥渴的鱼
我们都是船
独自航行
在苍茫海上

见到日落，霞光
也见过黑暗
和无边的凄凉
也许
孤独就是人们的宿命
孤独的时候
人生很长

2015年7月23日

思想的蝴蝶

思想是一只会飞的
蝴蝶
经常扇动翅膀
不经意时
停靠在你肩
不知何时
它又倏忽飞走
完全没了影踪
只留下你在窗口
向里探望

有时我不偷懒
急忙回忆，记录
凭借文字的神奇组合

凝固了
它来的那个瞬间
于是它们在纸上
调皮地眨眼
可以碰触那时的温度
质感

有时
它灵光一闪
迅速消失
像电
有时在深夜来访
一觉醒来时
已模糊依稀
无从分辨

2013年12月

忧伤

我站在窗前
碧绿的树映入眼帘
四周
一片安静恬淡
不期然地你就来了
如轻风拂过
像若有若无的雨点
滴落心间

有时是在河边
水面并无波澜
天高云淡
风景在从容地铺开
是一幅美丽的画卷

然而你也会来
像绵长的叹息
久不消散
你，神秘而不可解
只与我们的心灵
直接相连

2015年9月19日

你像夏天一样

你像夏天一样
穿着五彩绚烂的衣裳
裹挟强大气场
明艳逼人
霎时间
将所有的光亮都遮挡

你像夏天一样
带着酷热中的清凉
是宁静而美的绿色
晶莹的水珠
在脉络清晰的叶片上
轻轻摇晃

是的，像夏天一样
像夏天一样热烈
一样奔放
像夏天一样天真
不做作隐藏
所有的自己
以张扬而坦诚的方式
释放

有人喜欢你
说你韵致天成
生动明亮
有人皱眉
不接受你的夸张
然而你就是你
浓密的树荫
流动的云影
灼人的骄阳
还有那随兴而至的雨

都无一例外地
尽兴，酣畅
或者生命就该像你这样
不管将来
不论过往
只呈现
当下真实的模样

2015年5月18日

用力生活

人们总这样用力生活
像勤恳的农夫
顶着烈日劳作
汗水滴进土地
希望在秋天里
结出累累硕果
他们日复一日
坚定执着
那些因为用力而形成的气场
包裹了层层焦灼
无处安放的心灵
在落后的队伍里
沉默
那些擦肩而过的光阴

沾着露水的清晨
日落的黄昏
以及暗夜不知名的星星
汇成河流
从身边默默流过
用力生活的时候
人们如毗邻的星座
漠然，闪烁

2015年7月5日于飞机上

第二辑

一朵花开的时间

自然

自然无时不在
你我身旁
它是凌晨天边的第一抹晨曦
是向晚不断下沉的夕阳
是夜里正在沉默凝结的露水
是白昼无遮无拦的日光

自然是三月淅淅沥沥下着的雨
是夏日里色彩斑斓的艳阳
是冬季
第一场漫天飞舞、洁白晶莹的雪
是秋天空气中的第一抹微凉
以及那些，金黄而饱满的生长

它是田地里聒噪的蛙叫
是树间不知疲倦的蝉鸣
是灵巧小鹿在林中的奔跑
是松鼠在草地的蹦跳
或者，它就只是风中的一声轻叹
照进幽静竹林的一道微光

自然既包罗万象
却也简单平常
无论你什么时候去
它都在那里
自足，圆满，安详

2015年1月28日

阳光

阳光是自然的恩物
是无遮拦的瀑布
洒落你肩

在一天的不同时间
由和煦温暖
到明朗惊艳
及至黄昏
变作笼住最后光亮的
丝线

落进四季的
是风情变换的容颜
春光妩媚

夏日浓烈
秋冬吋如水一样
清冽

阳光伴随美好而来
成为当然的主角
它穿过悠长的岁月
随意停靠在一条
不知名的街

2013年11月

清晨

天边的云像鱼鳞一样舒卷
太阳透过云层放射出光
今天是没有灰霾的一天
周遭格外透亮

园艺师整理着花朵
保安开始执勤上岗
车子在洁净的路上排列
等待出发的信号吹响
奔向
那确定的方向

这是一个美好的清晨
新鲜得像刚挤出的奶

氤氲荡漾

足以把每个躁动不安的灵魂

一一安放

2015年2月13日

一朵花开的时间

花要开便开了
不管是在雨露深重的夜晚
还是阳光明媚的白天
开得淋漓尽致
十分坦然
把初生的新鲜样子
呈现世人眼前
它不单只为你开放
你喜欢也好
欣赏也罢
花开便开了
即使是开在没有人烟的山间
或是溪边

多少人穷其一生
也未曾留意过一朵花的开放
当花开放的时候
世界的一切都按计划
或是不按计划地进行着
包括那些战争的硝烟
工业流水线上的生产
没有人计算过
一朵花开的时间
也少有人见证过
一朵花开的瞬间

2015年1月28日

春天来了

那天无意中向窗外张望
见到空气中的湿度
似乎增加了分量
树上的叶子
变得新鲜透亮
当风开始柔和
当花儿含苞待放
当鸟儿在枝头发出
比以往更为欢快的歌唱
就是在通知人们
春天已经来了
正与我们
迎面
春天在呼唤你

去焕然一新的户外
兴趣盎然的田间
去比远方更远的地方
踩在泥土里
走进阳光里
在久违的芳香里寻找
那些失落的情感

2015年3月

富春山居图（听曲有感）

清亮笛声
冲破山间云
在树木与丛林之间
迤逦前行

流水和上一曲
因为羞涩
琴音时而流畅
时而低沉

鸟雀们叽叽喳喳
扑扇翅膀
在林间飞行
忙碌地

传递信息

扁舟顺流而下
在湍急的水流中左拐右进
绕过了一个又一个漩涡
和危险地形

春雨刚刚下过
山中湿润
岩石上布满了
绿色苔印

吹笛郎披着蓑衣
迈着迫切的步子
走入了那一片竹林
林子的深处住着
他心上的人

2013年11月

那一把槐花的香

少年抬头仰望时
见到一树槐花
那样洁白、芬芳
和心中的爱人一样
不由摘下最美的一把
用绸帕裹了
一路奔跑
终于站在她的面前
带着兴奋难抑的神色
把它放在
那伸开来的手上
乘还来不及问时
已飞快转身
跑到远处回望

啊，她正埋下头去
想必一定闻到了
那一把槐花的香

2015年2月16日

蝴蝶的眼泪

蝴蝶在阳光下飞
晶莹，闪亮
五彩的翅和鲜花相映
是夜空中的星子
伴着月亮生辉

作为丑陋的毛虫存在
经过漫长的等待
在黑暗的蛹中挣扎
终于有了
这灿烂时分

在这最后一天
蝴蝶飞得轻盈

明天会像枯叶坠落
只留下一滴眼泪
结冰

2013年11月

花儿跳舞

花儿跳舞
在微醺的黄昏
花儿跳舞
在宁静的夜晚
光影，交织
身体，旋转
轻盈的步子
喜悦的脸

节奏
由快趋缓
色彩
由浓至淡
自我迷醉

对美的眷恋
关于生命与希望
礼赞

2013年5月

星空

金黄的麦浪翻飞
一直伸向遥远天际
在干燥浓烈的阳光下
在见不到尽头的宽阔地
麦子和麦子之间说着
最亲切的话语

卸下所有的负荷
把生活抛了
把尘世弃了
只带着自己上路
只剩下风
在耳边呼啦啦地吹
呼吸

也像风一样自由

在飞一般的速度里前行
见到前方
湛蓝华丽的
绚烂夺目的
星空

2015年4月19日

天堂

太阳每天都在
和煦
或者热烈
不同的样子质地
发散一样的温暖

夜晚会有月光
朦胧
或者皎洁
如温柔的水
沁进了沉默寂静的夜

星星有时在漆黑的空中眨眼
也或者是在跳舞

晶亮，忽闪
给所有做着美梦的人
书写信笺

当然，也经常会有风
舒爽的、清凉的、柔软的风
随着季节变换
倏忽地来
消逝也悄然
伸出手时
它正流过指尖

美好的事物
自然的馈赠
就是天堂
和所有的爱一起
在这珍贵的人间

2015年9月23日

离天很近的地方

这是一块离天很近的地方
比人们居住的所在
更接近天堂
天蓝得透亮
云层如水一般移动
翻起波浪
它们是自由的
千变万化
去自己想去的地方
流浪
太阳的光透进来
就有了五彩斑斓的形状
天空很低
在天空的下面

是一尘不染的湖
大片的草地
还有牛羊
开阔的，无垠的
令人展开无边的畅想
当悠扬的牧歌响起
没有人还有能力悲伤
因为
这里是人间的净土
这里就是天堂

2015年9月24日

四月的江南

四月的江南
河岸边低垂的柳
道路旁新嫩的叶
雨丝斜斜
织就一张网
烟雾迷离里
是绿色、透亮的世界

四月的江南
各式花儿次第开了
雍容的海棠
艳丽的桃花
淡雅的二月兰
衬托着

油菜花漫无边际的黄色

四月的江南
虫儿鸟儿都醒了
麻雀在枝头扑簌簌地飞
喜鹊在田间欢快地跳
满天的星光里
有青蛙
此起彼伏地叫

月亮升起的时候
坐一条乌篷小船
顺流而下
以水为枕
进入温柔的梦乡

2015 年 4 月 7 日

雪

你是水形成的
人们却经常忘了你的物理成分
只看到你从天空飘下
翩翩起舞
洁白轻盈
你落在树枝
落在山岗
许多的你
温柔悄然地
落在地上
成为它的衣裳
大地的身体
呈现出全然不同的模样
细腻、平滑

圣洁的光芒

如果没有你
季节里将少了多少盼望
如果没有你
将有多少丑恶不能被隐藏
好在
我们有了你
在严寒的冬季
有了这份温暖而美的盼望

2015年3月26日

良夜

这是一个美好的夜
天气清朗
风儿柔软
天空如一片宁静的海
那样开阔深沉
迷人而亲切
云在行走着
在不远的上空
划出道道的痕
清晰地陈列
几颗稀疏的星散落
窥视着
这地上的世界
远处传来了笑声

像月亮泻落的银辉
在这样一个
美好的夜

2015年4月3日

月夜

今夜的天空如此之近
云层清晰
仿佛凝固了
定格在那里
明亮的月色透出来
盖过了城市里
各式各样的霓虹灯
有多少人
看到了这样的月色
在这样的月色下
有多少种不同的生活
迥异的人生？

2015年10月25日

第三辑

北方　南方

繁华苍凉的城——香港

这曾是一座繁华的城
完备的地铁网线
精巧的城市设计
干净的海
迤逦的山
星星点点的灯
点在夜晚
风华正茂的女子
在时空的夹缝中顾盼
蓦然回首时
笑容如此绚烂

而今
叮叮车脚步缓慢

天星小轮
在汽笛鸣响中向前
多如米铺的银行、药房
以及形形色色的店面
在街角拐弯处
随处可见
光滑的石头街道
发出疲倦长叹
这依然是座美丽的城
只是繁华之中的苍凉
掩盖不了地
弥漫

2014年3月

故乡

故乡总在遥远的地方
那里青山如黛
溪水流淌
小草风中摇曳
花儿径自开放
秧苗与青禾
愉快生长
由早至晚
公鸡们“喔喔”高亢歌唱

风一样奔跑的童年
带着香味的阳光
干净的石板路
那些特有的气息

氛围，以及关于某种食物
顽固而清晰的联想
定格在记忆中
不知什么时候就闪出来
诱惑你
唤你前往

故乡是再也回不去的惆怅
从离开的那一天起
已注定了放逐与流浪
那一处安放心灵的地方
只能隔了遥远的时空
与它相望
在没完没了的怀念里
故乡永远是温暖的
给人希望
让人想念

2015年1月27日

孩子

当我们对生活已经没了奢望
当日子变得稀松平常
感谢孩子，来到我们身旁
孩子让我们无从落脚的爱
从此有了主张

孩子总是尽情释放
悲伤的时候就哭了
开心的时候尽情笑
睡着的时候
像一幅画
欢笑的时候
是一朵花
有时候，他们是一支动听的歌

有时，他们是一道难以下嘴的茶

通过孩子，成人得以重回旧日时光
那么多的欢乐
从心底释放
感谢孩子
感谢你
来到我们身旁
像天使一样

2015年2月13日

街头舞者

每次都见到
他在这条街
迈克尔·杰克逊的装扮
身体依次扭动
一节，一节
全身流动着
激荡人心的强劲音乐
在简单的水泥地
跳得投入而专业
我选择相信
舞者并非为了炫耀技巧
而是因为这虚拟的舞台
于他就是
快乐的来源

当下所能感知到的
一切

2014年1月

咖啡店里的时光

咖啡店里的时光
总是慢
节奏放缓
心情变远
开始一次不急不徐的交谈
不慌不忙的约见
或是，什么也不做
只是无所事事地待着
送走时间

那些别致的屋子
通常都有
明净的窗子
阳光洒下来

跌落一地温暖
有时会有雨
雨点和风在空中舞蹈
人们以匆匆的步子走着
各式的节拍与色彩流转
此时咖啡屋里
香气氤氲
沁人心脾的味道
正在发散

2015年1月27日

老房子的天台

城中都是高楼
只有这矮旧房子
有一方安静、寂寥的天台
高大的松针树
飘来清香
鸟雀啾啾叫着
不知是在哪根树枝上
隐藏
高楼环绕的天台
是城市里的岛
汽车驶过
喇叭响着
附近工地的机器
发出鸣响

所有的声音
这样近
那样远
仿佛不同世界的主张
遥遥相望
睁着
新奇的眼

2015年1月25日

老鼠

它总在夜深人静的时候到来
不知道它走的哪条秘密通道
用的，是什么手段
隐约感到
它在攀爬，跑跳
被一些物件绊倒
次日
会发现放在桌上的食物变少
有水果被咬
预测地点放的捕鼠夹、老鼠药
每次都被成功逃掉
当白昼来临
它一定在某个角落里咧嘴
偷笑

留给主人的
唯有一片迷惑与懊恼
发出无奈叹息
唉，老鼠
你为何总是这样身段灵巧
就像扑朔迷离的命运
令人费解
充满奥妙

2015年2月13日

让童话里不再有悲伤

谁用优美的笔触
描写了这样浓烈的悲伤？

寒风中瑟缩的女孩
谁能揽你进入温暖胸膛
把渴望的食物
双手送上
奔跑中跌落了鞋子
如何才能重换一双？
隔离雨雪风霜
让每个脚趾都能
自由地畅想

你是妈妈的孩子

爸爸的希望
此刻，他们却不能陪伴身旁
微弱的力量
如何才能砸开
这坚硬的墙
给干涸的生活，
透进一丝阳光

童音的叫卖
褴褛的衣裳
竟然不能吸引来
哪怕一道目光
一把火柴
最后只能由自己点亮
点亮一些
虚幻的想象

童话只该是童话
美丽的公主

欢乐的殿堂
不该
承载这样浓烈的悲伤
深刻的绝望
什么时候
童话照进现实里
也是一片灿烂阳光

2013年5月

山与水

山的坚硬
衬托出水的软
山的丰富
照进水单纯的容颜
山里藏了许多宝藏
等人发现
山是执拗的
偏要水围着它
兀自不发一言
用沉默回答
水的提问、叨念
一遍
一遍

2013年11月

生活

天空灰霾
人行道被踩脏了
说不清颜色
垃圾车定时经过
哐啷哐啷
发出旁若无人的声响
路口转角的小饭馆
每天都飘着
同样油腻的味道
总有人在里面不亦乐乎地吃着
大声说笑
满面红光
而孩子们
他们做着没完没了的作业

已不觉得无聊
电视里放着
热闹、反智的动画
不时可以偷着瞄瞄

太阳每天都是新的
日子每天都是热的
而人们的心
正好是钝的
可以不必感受
这生活的粗糙

2015年2月13日

鸵鸟

天桥、地铁
繁华地段的街，
总有人乞讨
在面前铺展陈情的纸张
以博取同情的目光
有的四肢残缺
有的将病弱的亲人陈列
据说，他们从属于专门的组织
从各地搜集，教会弹唱
作为赚钱的机器
每日里开张营业

曾见过人群
在政府机构门口集结

打出标语
神情悲壮
极端的人
把刀架在脖子上
以命相挟

也听过
那些打工女人的故事
把孩子放在家乡寄养
回去见时
孩子已认不出
亲爱妈妈的模样

这包罗万象的真实
纷纭复杂的乱象
总有这么多的阴暗
这么多的沉重
这么多的悲伤

面对那些没有被安排好的生命
不能承受，难以负荷
无助而凄惶
只好埋下头去
做一只鸵鸟
抬起头时
周遭依然一片阳光
光鲜，明亮

2014年2月

小慧的理想

小慧是一个十八岁的姑娘
身材高挑
皮肤光洁
容颜端庄
做起事来
认真，踏实
令人心情舒畅

她来自
广东清远的一个村庄
从十五岁开始
就独自出来
漂泊他乡
辗转于各美容院

做着帮人留住青春的行当
尽管自己的青春
一片荒凉

小慧喜欢和客人谈论广州
说着，就开始比较起自己的家乡
感慨广州的父母
对自己的孩子
总是怀抱着那么多的
爱与希望

而小慧的家乡
还是重男轻女的思想
母亲因为生了三个女儿
就必须在产后下床
做这做那
把所有责任
都扛在瘦弱的肩上

记忆中的父亲
总是跷起二郎腿
让家里的女人
围着他团团转地忙
对在外打工的女儿
没有嘘寒问暖的问候
只问存了多少钱
可以支援家里盖房

讲述时
小慧的声音里似乎透出泪光
她说羡慕长在广州的孩子
真想，和他们一样
小慧希望
在帮助家里盖完楼房后
可以重回学校
找到安静念书的地方
那，就是她的理想

2014年2月

徐志摩与陆小曼

曾经是那样爱的
为了寻爱
相思、矛盾、对抗
多情的男子
写下无数热烈的诗行
愿做一片方向坚定的雪花
专等她来花园里探望

曾经是那样浓的
因为有情
争吵、任性、倔强
在眼泪中和解
在嫉妒里受伤
为了爱可以忍受许多苦楚

只要你，将我放在心上

无奈情本不可烈
太美的爱
终会像焰火
燃过，变为梦幻一场
只留下返璞归真的女子
独自一人
在风中
买一把挚爱的栗子品尝

2015年2月16日

夜月看潮

比墨色还要黑的夜
天上洒着清辉的月
潮水来回拍打
无名的鸟儿在远处叫
在寂静的夜里
格外清晰
凄切

竹一般的身影
孤独挺立
风吹动了衣襟
却岿然不动
只朝着不知名的远方
固执凝望

不知在何时响起了箫
和着无休止的潮声
呜咽

2015年2月16日

在街头睡着的男子

在阳光正好的午后
他蹲在大楼的一角
头发零乱
双手环抱
眼睛闭着
像是睡了
是的，像是睡了
在这本应步履匆忙的午后
在这人流熙攘的街道

单薄的衣衫
透出身体的瘦削
支棱的骨头
仿佛可以清晰见到

脸庞埋进手心里
表情无从知晓
然而眼里想必有不见底的愁吧
所以笼罩在周边的气息
才会那样疲倦
萧条

一个人为何
要以这样毫不舒服的方式睡着
世界的喧嚣
仿佛都于他无扰
我一边从男子身边走过
一边在心中
这样模糊地想

2015年2月13日

苍老的风景

风景也会变老
像古旧的房子
呈现斑驳的样貌
像有了年头的路
在人们走过时
开始摇摇晃晃
发出疼痛的叫

历史一页页翻过
光阴伶俐地跨过
默默地
从不报告
那些优雅迷人的城市
绚丽多姿的风光

或是藏在深山的古道
经过了千百年
仿佛在轻声叹息
够了，倦了

多想去抚平它
抚平这叹息
就像是抹去
树上的刻痕
心上的皱纹

2015年2月20日

从前的日子

从前的日子很慢
阳光照着对面的房子
慢慢移动
直到所有日照都落入
烟灰的暮色里面

从前的生活很实
一棵菜
一碗米饭
都有泥土的香
弥漫

从前的交通不便
两地距离很远

但只要伸出手去
就可以触碰到
人情的温暖

然而从前就只是从前
从前的日子
再也回不去了
那些记忆里的时光
已然遥远

2015年2月20日

父亲

父亲曾经有风一般年少
可以扛起沉重的口袋
做无数的活计
可以饿着肚子
走很远的山道
那时的父亲
可以在月下散步
也可以
把阳光收集好了
再紧紧握牢

然而父亲现在老了
拿起酒杯
伸出筷子夹菜时
手总不停抖着

头发变得稀疏
牙齿掉了
皮肤松弛
走起路来
总是缓慢的步调

是的，父亲老了
不再畅想未来
喜欢在回忆里
一遍遍咀嚼童年
怀想旧时的人情世道
在衰老的年纪
他的心灵
停驻在曾经的时光
在那里
有永恒的青春
青葱年少

2015年2月25日

梦中的北平

没有出生在北平
也不曾见过
它最美时的模样
然而奇怪的
初次踏上北平的土地
走进胡同
见到城墙
和古老瓦房
就有前世的乡愁
蓦然生长
仿佛在心里
那里早已是故乡
很多次
为了那些古朴的失落

忍不住地哀伤
那些宁静悠然的气象
无可奈何地遗失在了岁月里
无从反抗，势不可挡
就像黄昏时
一点一滴沉下的
斜阳

尽管已错过那些最好的时光
然而你曾经是你
所以你依然是你
那些不被留意的角落
那些碎片的记忆里
依然有你美丽的影子
我们依然可以在
流动的飞檐里
朱红的漆柱上
以及参天的大树里

听到来自你灵魂的
吟唱

2015 年 3 月 26 日

母亲

母亲曾是一个十六七的姑娘
散发着青草气息
笑的时候
从眼里透出月光
如春风拂面
吹皱一池湖水
像新绿的叶子
在枝头歌唱
天气好的时候
她穿着美丽的衣裳
坐在马背上
去河边欣赏风光

后来

她成了父亲的新娘
生活的担子
开始压在肩上
她挑着沉重的水桶
健步如飞地行走
夕阳西下的黄昏
她总还在菜园里奔忙
伴着蟋蟀的叫声
她纳出了一双双鞋底
做出了一件件衣裳
一个家庭
在母亲的努力支撑下茁壮成长

母亲在忙碌中变了模样
眉眉开始低垂
皱纹爬上脸庞
不再是
那个散发青草气息的姑娘
然而母亲的眼里依然有月光

笑的时候
温暖如初
宁静安详
母亲从长长的岁月中走来
未染尘埃
却历尽风霜

2015年3月25日

伤痕

你静静地在那里
像平静的湖水
波澜不兴
像是从久远的年代开始
你就已经这样
仿佛你从不曾有过去
仿佛一切故事
都未曾发生

你没有诉说的欲望
不想描述
如火烤炙一般的痛
那些愤懑与绝望
曾如黑夜一样重

而无所不在的孤独
像芦苇一般
随风飘荡

岁月的风猎猎吹过
时间的河流裹挟而走
往事如烟般飘走
甚至没留下沉重的思索
唯有这道伤痕
沉默、执着

2015年2月20日

《葡萄牙十四行诗》第43首

伊丽莎白·巴雷特·勃朗宁（1806—1861）

我是如何爱你，听我细说端详
我爱你在灵魂的极限
视力不能及
人迹无从至
它是
理想的荣光

我爱你在日子里每一个安静的寻常，
从日出朝霞
到点点烛光
我的爱自由不羁

信马由缰
与人类为权力而战一样

我的爱纯净
它来自
由衷的欣赏
激情的忧伤
以及
童真的信仰

我爱，以终将逝去之势
初始圣徒之诚
这爱合于呼吸，化入笑容，融于泪光
如果可以
我将爱你
在永恒的前方！

译于2013年5月

夜半的鸡叫

这城市的高楼
不知为何会有一只鸡
总在夜深时
反复地叫
来自田园的气息
伴着汽车驶过的声音
如古装的遗民
闯入了现代人群
奇异的组合
散发不合时宜的味道
也许是生了孩子的人家
从乡下找来的
很快就会被当作滋补的食材
用掉

然而这几天
鸡依然忠实履行着使命
孜孜不倦地
发出高亢悠长的鸣叫

2015年2月17日

灾后水墨

重建的小镇
安宁平静
生活五光十色地铺展
一切如常进行
人们无从想见
这里曾经大地塌陷
房屋倾斜
人群像惊慌失措的鸟
四散而逃
埋进废墟的身躯
伸出了绝望的手臂
凄厉的呼唤
在山谷里回音
如今，苦难早已远去

了无痕迹

仿佛不曾发生

只留下一座歪斜的学校

在暮色中伫立

作为

那场可怕灾难的见证

2015年3月22日

六岁的忧伤

这是妹妹的百日宴
大屏幕上播着她的各种照片
配了谐趣的文字
被人群宠爱地谈论
由衷称赞
喜庆的音乐放着
开心的人群笑着
气氛热烈
灯光璀璨
只有你
表情严肃
眼神忧郁
你不满人们都说妹妹漂亮
所有的关爱

都放在她身上
你也想再回到婴儿时代
再次吸引
那些聚焦的目光
做婴儿有多么好
不用想着整理书包
以及明天的课堂

我拥抱你
听着那心跳
在你小小的胸腔
此刻我与你如此贴近
这样强烈地想要安抚
你的忧伤
其实，我有着和你一样的梦想
也想再回到
从前的时光
我们都是被岁月抛弃的孩子
在时间的轨道上疾走

直至暮色苍茫
那些遗失的珍贵啊
再不能
再不能恢复
从前的模样

2015年4月16日

格子间

人们每天来格子间里上班
一天中的大部分时间
都消耗在这个空间
每个人拥有挡板后面的一块桌面
对着桌上的电脑
敲敲，写写，算算
大而空旷的房间
被挡板分割成了
小小的一片
所有人在自己的片区默默工作
很少交谈
我们守着同样的规则
使用相差无几的语气
脸上的神色
是基本一样的正经

客气和平淡

每当下班的时间来临
格子间便涌出一波波的人流
像是密集的蚁群
涌向电梯间
从打卡的闸机鱼贯而出
奔赴不同的方向、目的和地点
这时的人群
总是欢声笑语
表情灿烂
让人不由得迷惑
格子间也许有着魔咒的力量
可以让人从生动
过渡到刻板
从五颜六色
到一成不变

2015年4月23日

美丽的村庄

那些稀少的村庄
像是人世间残存的理想
在深山深处隐藏
慕名而来的人们
要经由一条条山道
弯弯曲曲
才能走近身旁

在村头
溪水清澈
山间的雾气
像是姑娘颈间的飘带
随风飘荡
这里的生活

自足而安详
传统的工艺
美味的食品
人们之间的情谊
都还是本初的模样
温暖、亲切、善良

人们在这里找回儿时记忆
久远的故乡
城市无从搁置的情怀
也一一安放
多么希望
这样美丽的村庄
可以一直存在、增长
让孩子的孩子
在村头的小溪
随意嬉戏
快乐歌唱

2015年6月10日

老爷爷和老奶奶

老爷爷和老奶奶是校友
年轻时就牵起了手
经历人生风雨
一走就走到了路的这头
从两个人
到一家三口
再到四口、五口和八口
后来
老爷爷和老奶奶还是两个人
住在自己的小家里
一起买菜、烧饭
一起看球、锻炼
门开着的时候
经常会听到他们在对面

为了一个话题
热烈地讨论、争辩

老爷爷和老奶奶
就像不能分开的两个半球
然而突然有一天
老爷爷病了
病情像离弦的箭
一直向前
不可复返
旁观的人们
都不由得叹惜，扼腕
只有老奶奶
没有抱怨
平静地穿梭家与医院之间
逐一处理事件
她始终没有掉泪
一直挺直腰肩

老奶奶依旧早出晚归
自己锻炼
自己做饭
只是再没有两个人的身影
没有了那些热烈的争辩
老爷爷走后的日子
就像是老奶奶在家门口燃起的香
轻烟袅袅
无声而平淡
倒是我，只是我
那一日对着老奶奶孤单的背影
忽然间泪水充满双眼

2015年6月10日

文森特·梵高

这原本是一个寻常的名字
因为你
它变成一个太不一样
连同太多的秘密与无解
进入了历史
当人们的脑海中闪过这个名字
从唇齿间念叨这个名字
又或者
在他们的心中掠过这个名字
不由得会想
要怎样纯粹的灵魂
才会产生那样深刻的同情
怎样坚定的信仰
才有那样的执着与善良

你或许是一个注定的异数
无意中降临这世上
目睹这世上许多苦难沧桑
内心无法安宁
试图拯救和抚平
那些注定的伤

然而你四处碰壁
历经挫败
受尽嘲弄
从一个地方
到另一个地方
带着满心伤痛
和无限凄惶
当希望的出口一个个封闭
你唯有燃烧自己
在燃烧中
你看见稀有的美
转而用笔和颜料

将这美泼洒在画布上
热烈、疯狂
懂你的人知道
那其实是你用灵魂
写下的诗行

2015年7月23日

我想站在你的墓前（读梵高有感）

我想站在你的墓前
看青草风中摇曳
诉说对你的想念
我想站在你的墓前
看四周大片麦田
浓得化不开的黄色
在阳光中
散发泥土的芬芳温暖
我想站在你的墓前
感受你描摹的画面
一望无际的天空
一览无余的地面
几棵树远远站立
苍凉而庄严

也或者
我可以在一个夜凉如水的夜晚
在月光下
来到你的墓前
期望真的见到
那样的星空
辽阔无边
华丽灿烂
那时，我一定用手抚摸你的墓碑
听一听你在风中
对这人世的悲悯轻叹
你曾怀了十足的信仰与热忱
试图拯救那些注定的苦难
当所有的努力以失败而告终
你以一幅画
对自己宣判
当俗世容不下你过于纯粹的灵魂
你唯有燃烧自己

换来一个美丽的瞬间

如今
你只静静地这里长眠
再也不用忍受
那些无休无止的磨难
还有亲爱的弟弟
在身边忠实地陪伴
只是这虚伪的人世
在你离开以后
开始对你无以复加地膜拜与感念
多少人站在你的画前
不知为何
已泪流满面

2015年4月23日

终于站在你面前

跨越万水千山
时空变换
终于站在你的房前
安静的小镇
安静得近乎没有波澜
那些熟悉的画
分布在小镇相应的点
你最后的住所
陆续有人参观
他们登上木质的台阶
往狭窄的房间探看
然而能看出什么呢
一切都只是徒然
那些电光火石般闪过的思想

无望深沉的痛与伤
那些难以成眠的夜晚
在如今安宁的空气里
早已不复寻见
一如这房子的后院
只有静静开放的花儿
以及喝空的啤酒瓶
有序陈列着
默然

终于来到你墓前
也见到那片麦田
曾很多次想见它们的样子
都没有预料到实际呈现的平淡
没有任何渲染
安静、素朴、淡然
墓碑上刻着最简单的信息
麦田一望无际
在风中摇曳顾盼

它们在等着你来吗
等着你用画笔
再次描绘它们此刻的容颜
它们早已不再阴郁
不再愤怒
不再集体伸出头去
对着天空呼喊
只是自然地生长
随着风的方向
将此刻呈现

2015年9月24日补记参观梵高墓所感

枯寂的生命

每天坐在门前
核桃一样发皱的脸
表情平静
一派木然
看着来往的人
从早晨
到傍晚
在一天中固定的时间
开始吃自己的晚餐
一碗饭，一碟菜
慢慢地咀嚼，咽吞
呆坐、吃饭
无所事事
消磨时间

他的生命
该是回复到了最初的空白
只余单调机械的重复
没有盼望
没有喜悦
应该也没有
想念

2015年5月18日

闹市中的教堂

车水马龙的老城区
有这样一座教堂
华丽，庄严，明亮
尖顶指向天际
诉说
明确坚定的信仰
穿过纷乱的历史
寄身杂乱的现实
依然热情华美
独具气质
像是惊鸿一瞥
临水晚照
将美播撒在人世
每到礼拜日

虔诚的人们从四方聚来
天籁的颂歌声飘扬
躁动的灵魂安放
世界瞬间安静下来
在这喧闹逐利的
街市

2015年6月20日

岁月

在纷繁复杂的记忆里
突如其来的想念里
我们仿佛回到过去时光
年少恍如昨日
人们在那里热烈生活
鲜明而生动的
一张张脸庞
老师正在授课
丰神俊朗
那时读过的诗行
瞬间涌上心头
温暖、苍凉
岁月是夹进书里的叶子
多年后翻开

依然定格在那里
静寂地美丽着
等待温厚手掌
于叹息之际
轻贴它在心上

2015年7月5日于飞机上

巴黎的光

在夏日九十点的晚上
巴黎依然这样明亮
天空低而清晰
云彩游走
奉献着光
此时城里的灯
也正逐一点上
一双双的眼睁开了
调皮地眨
呼应天上
石头的建筑
安静排列
在黄昏灿烂的光里
饱满，辉煌

这座城市所有的历史
连同它难以描述的情致
都在这里
在这片辉光里
默然诉说
那些陆续上演过的故事
人们也沐浴在这光里
自由、快乐
他们知晓
自己只是这城市之中
匆匆的过客

2015年7月20日

夏日

所有的生命
都该享受这宁静夏日的美好
爽朗的风吹着
艳阳高照
天望不到边
太阳下全是无拘束的嬉笑

然而谁能掌握
人世的命运步调
转瞬间阴云密布
欢乐祥和
便随雨打风吹
消逝流散去了

苦难与救赎的轮回
也许就是天道
强大的秩序面前
人类如此渺小
唯有祈盼苦难早日结束
风雨之后
各自安好

2015年8月15日天津塘沽爆炸之后

爱

人世平凡的孩子
普通的样貌
庸常的日子
对于那些遥远的事
比远方更远的地方
地球之外的海洋
它们是什么样子
我们无从得知
袅袅升起的烟
直入云端
它连接的
是另一个世界
而我们只能站在大地上
迎接每天的朝阳

沐浴霞光
然而我们会有爱
当爱在心中滋长
便有超然的勇气
奉献的愿望
在那时
人们接近神性
笼着圣洁的光
纯净的歌声随风
飘至天堂

2015年9月23日

坠入人间的星星

天上的精灵
由于偶然的原因
来感受人间的事情
她眸子晶莹
怀着天上的记忆
总是渴望
爱与美的相遇

天上的精灵
坠入凡间也改变不了的命运
享受人间的快乐很少
承受的苦难很多
如雪地的星星

在冷冻的温度中
守候光明

2015年9月24日

旅行

每一次旅行
都是一场出走，历险
离开熟悉的地方
熟悉的气味
形形色色的身份
没了分量
旅行的人
是飘在空中的气球
漫无边际地
失了方向
正好遇到了云呢
和它碰碰身体
互致问候
彼此打量

你是来自地上的么
我可是原本就在这天上
天上很好
然而不时地
也会寂寞、凄惶
还是暂时停留一下吧
当这次旅行结束
就还是回到地上
那里才能生根发芽
温热的泪水流出来
灌溉禾苗生长

2015年10月8日

北方，南方

我是南方的花
在南方湿润的空气里
明丽鲜艳
我是北方的草
在北方干爽的空气里
生机丰满

我是南方，南方的树
在南方温暖的气候里
枝叶茂繁
我是北方，北方的木
在北方凛冽的风雪中
坚挺躯干

我是北方
也是南方
我总在北方的萧瑟荒凉中期待春天
在南方的阴雨潮湿里渴望秋天
我是一只候鸟
随天气的变换
在南北之间不断迁徙
忙碌，转换

2015年10月3日

美

美是天边的一朵红云
绚丽耀眼
生机盎然
待要捕捉时
却远在天边

美是山间的一抹青色
娇嫩葱翠
若隐若现
当要描述时
竟讷讷难言

美是清澈水中的倒影
是缤纷的色映入眼帘

它是黄昏拂过的一阵微风
是夕阳隐没前的最后一丝惊艳
也是空气中颤动的音符
是光影中舞动的身姿
是眉宇间说不尽的春色
是言语行动时
那一种韵致天然

是的，美无处不在
却无从言说
没有质感
它是一滴晶莹剔透的露水
在用手捧起的那刻
迅速消失
不复可见

2015年10月8日